PREMIER JOUR : DIMANCHE ...
... SEPT AVRIL ...
VOLER EN BALLON C'EST ÇA : ...
... LA DÉCOUVERTE QU'À L'INTÉRIEUR DU VENT ...
... IL Y A DE L'AIR ...
... POUR RESPIRER.
IIIIK
NOUS VOLONS !
OU EST-CE QUE NOUS NAVIGUONS ?

HOÏ! ANGUS!
SAM, JE DOÏS RETROUVER MON PÈRE...
OUÏ... PANCHRYSÏA...
...MAÏNTENANT QUE J'AÏ PERDU MON ONCLE JOSEPH ET MA MAÏSON...
JE T'ACCOMPAGNE!
...ET TOÏ, ANGUS?
HEUREUSEMENT, NOUS AVONS L'INSTRUMENT QUÏ NOUS INDÏQUERA LE CHEMIN, MÊME SÏ NOUS NE SAVONS PAS OÙ NOUS ALLONS...
EST-CE QUE TU CROÏS QUE LA PRINCESSE REVIENDRA?
AH! À MANGER!!
...ET À BOÏRE!
L'EAU! L'EAU!
L'EAU...!
HEY! ANGUS!
WOFOUAF

ANGUS!
NON, SAM! NE FAIS PAS CELA!
LES VOILÀ!
ENFIN!

SAM! VIENS! ...
L'EAU! L'EAU!
REGARDE! LÀ-BAS, DES ÎLES... ET...
... UN BATEAU!
BIENVENUE! BIENVENUE! MONTEZ À BORD!...
BIENVENUE ANGUS...
PRAGUE, DIMANCHE, 21 AVRIL...
SOIS LE BIENVENU, PROFESSEUR BLACK...

ASSIEDS-TOI, JOSEPH BLACK...
PANCHRYSIA SE TROUVE DE L'AUTRE CÔTÉ DE MES QUESTIONS...
DONC, C'EST VOUS QUI DÉCIDEZ QUI ENTRERA DANS PANCHRYSIA ?...
OUI ! LE REMPLAÇANT PASSE D'ABORD ICI, LE REMPLACÉ NE SAURAIT PLUS PASSER ICI, C'EST LUI LE BIENHEUREUX !
...MAIS... QUI CONNAIT VOTRE EXISTENCE, MAÎTRE LOURIA ?
CEUX QUI ME TROUVENT PAR LEURS RECHERCHES, ET CEUX QUI N'ONT PAS BESOIN DE RECHERCHES...
MOI-MÊME, JE SUIS QUASI AVEUGLE... ON M'A DESSÉCHÉ LES YEUX... JE N'APERÇOIS QUE LE JAUNE DES HABITS DE MES SERVITEURS...
...MAIS JE DÉTIENS UN SAVOIR MILLÉNAIRE... JE SUIS LE SÉLECTIONNEUR !
... ET, JOSEPH BLACK, ELINE BLACK, SAM L'ORPHELIN, TOUS ONT LEUR CHANCE... JE POSE MA QUESTION ET SI LA RÉPONSE EST LA BONNE...
... ALORS... LE CANDIDAT PEUT POURSUIVRE SA QUÊTE... !
QUELLE QUESTION ?...

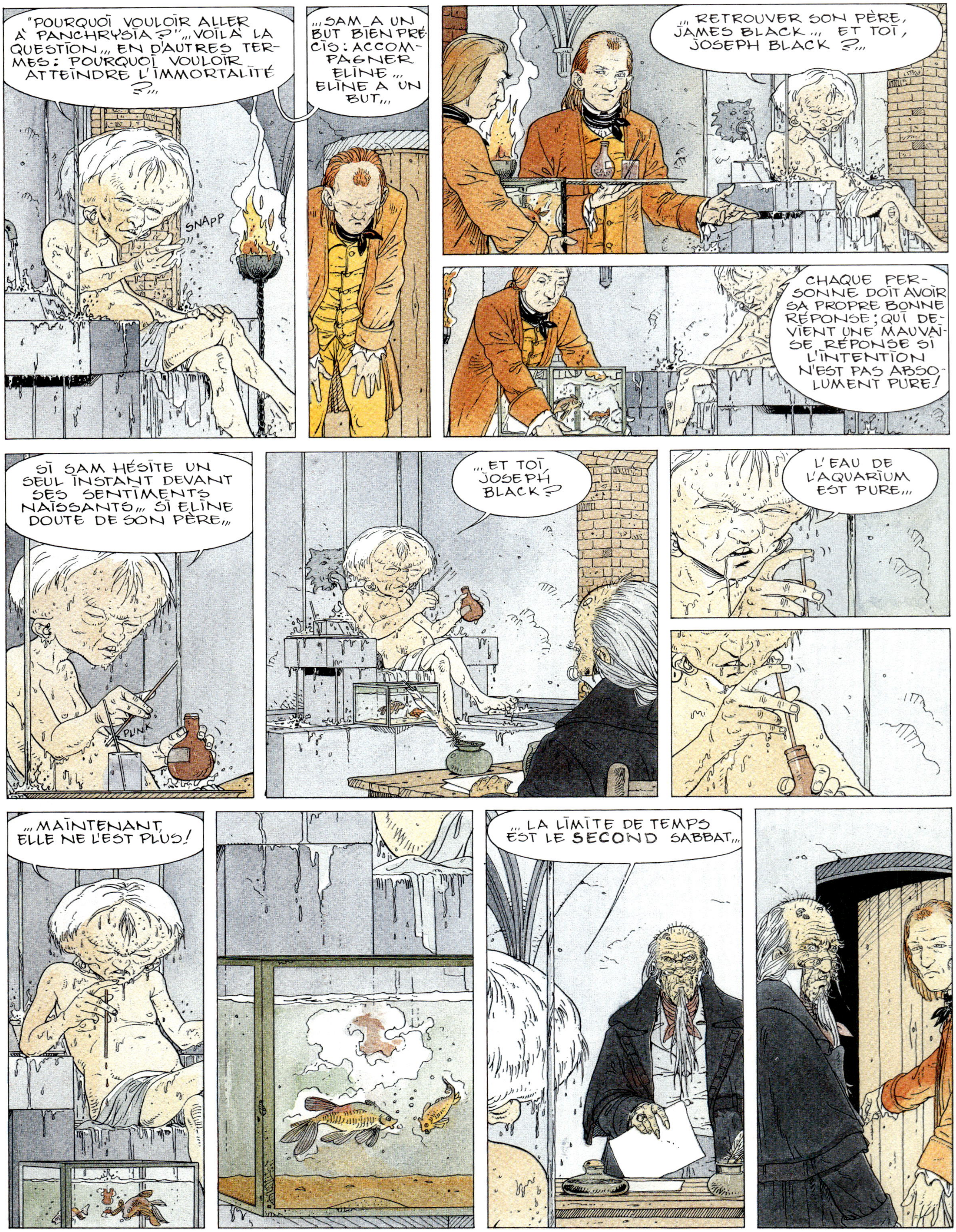
"POURQUOI VOULOIR ALLER À PANCHRYSIA ?",,, VOILÀ LA QUESTION,,, EN D'AUTRES TERMES : POURQUOI VOULOIR ATTEINDRE L'IMMORTALITÉ ?,,,
SNAPP
,,,SAM A UN BUT BIEN PRÉCIS : ACCOMPAGNER ÉLINE,,, ÉLINE A UN BUT,,,
,,, RETROUVER SON PÈRE, JAMES BLACK,,, ET TOI, JOSEPH BLACK ?,,,
CHAQUE PERSONNE DOIT AVOIR SA PROPRE BONNE RÉPONSE ; QUI DEVIENT UNE MAUVAISE RÉPONSE SI L'INTENTION N'EST PAS ABSOLUMENT PURE !
SI SAM HÉSITE UN SEUL INSTANT DEVANT SES SENTIMENTS NAISSANTS,,, SI ÉLINE DOUTE DE SON PÈRE,,,
PLINK
,,,ET TOI, JOSEPH BLACK ?
L'EAU DE L'AQUARIUM EST PURE,,,
,,,MAINTENANT, ELLE NE L'EST PLUS !
,,, LA LIMITE DE TEMPS EST LE SECOND SABBAT,,,
R 6

DEUXÎEME JOUR
LUNDÎ, 8 AVRÎL,,,
TOC,,, TOC,,
ÉLÎNE,,,
TOC TOC
ÉLÎNE !
ES-TU RÉVEÎLLÉE ?
UN ÎNSTANT !
ÎL EST MIDÎ PASSÉ, PARESSEUSE,,,
HEU,,,
NE TE RETOURNE PAS ! ,,,

LE VOÏLÀ,,,
QUÏ ?
LE VÏEUX BONHOMME,,,
ÏL L'A !
QU'EST-CE QU'ÏL A PRÏS ?
JE NE SAÏS PAS,,, UN PAPILLON, PEUT-ÊTRE,,,
COMMENT SE FAÏT-ÏL QU'ÏL VOUS CONNAÏT, ANGUS ET TOÏ ?
TU ES JALOUX, SAMMY ?,,,
PFFRRR
HEY !
AH AH AH
HE HE
HE HE

LE THÉ M'A FAIT DU BIEN, JE ME SENS REPOSÉ...
OUI... C'EST BIZARRE QUE NOUS N'AYONS PAS VU LE VIEUX MONSIEUR...
ON LE VERRA SÛREMENT CE SOIR...
OUI... ON N'A PAS VU ANGUS NON PLUS...
TIENS, QUAND ON PARLE DU DIABLE...
WOF WOF
HOÏ, ANGUS!
HÉ! TU AS LA BOÎTE...
OH, OUI, ON VA VOIR LA DIRECTION DE PANCHRYSIA...
ÇA NE FONCTIONNE PAS...
MAIS OUI... BIEN SÛR... IL FAUT Y METTRE DE LA... DU PHLOGO...
AH, OUI, DU PHLOGISTON... DE LA FIOLE... ON ESSAYERA PLUS TARD...
REMETS L'INSTRUMENT DANS LA BOÎTE...
CE SOIR ON DEMANDERA À CE BONHOMME COMMENT ON PEUT QUITTER CETTE ÎLE...
...JE VOUS ACCOMPAGNERAI, SAMUEL...
...JE DOIS BIEN ÇA À TON PÈRE, ÉLINE...
VOUS AVEZ CONNU MON PAPA MONSIEUR ?...

AHSRUS !... MON NOM EST AHSRUS.
JE N'AI PAS SEULEMENT BIEN CONNU TON PÈRE, NOUS ÉTIONS MÊME TRÈS LIÉS...
CLAP
CLAP
AH !... VOICI...
IL Y A LONGTEMPS, J'ÉTAIS MEMBRE DE CETTE VÉNÉRABLE SOCIÉTÉ SCIENTIFIQUE, FONDÉE PAR TON PÈRE ET TON ONCLE... LA "BROTHERHOOD"...
QUAND JAMES S'EMBARQUA AVEC ANGUS POUR SON EXPÉDITION VERS LE SUD-EST, JE L'AI ACCOMPAGNÉ VERS L'AFRIQUE DU NORD POUR ÉTUDIER CERTAINES PLANTES...
...À BORD DU NAVIRE NOUS AVONS EU LE TEMPS DE MIEUX NOUS CONNAÎTRE, ET...
...DE NOUS LIER D'AMITIÉ, AUSSI, C'ÉTAIT À GRAND REGRET QUE NOUS NOUS SOMMES QUITTÉS...
JE LUI FIS LA PROMESSE DE LE REJOINDRE DÈS QUE POSSIBLE...
IL Y A DÉJÀ DE NOMBREUSES ANNÉES MAINTENANT, ET SOUVENT JE DÉSESPÉRAIS DE POUVOIR LE RECHERCHER...
...MAIS MAINTENANT ÇA Y EST !...

LUNDI, 22 AVRIL.
L'EAU ! ...
... L'EAU ... SI LOURIA ATTACHE TANT D'IMPORTANCE À L'EAU, LE PHLOGISTON SE TROUVE PEUT-ÊTRE DANS L'EAU ! ? ...
... MAIS ... L'EAU DOUCE, OU L'EAU DE MER ? ...
TOC TOC
JE NE VEUX PAS ÊTRE DÉRANGÉ !
... LA BROTHERHOOD ! ? QUI ES-TU ? CETTE CONFRÉRIE N'EXISTE PLUS !
MAIS OUI, ELLE EXISTE ENCORE, JOSEPH BLACK, MAGISTER HONORABILIS, VOTRE TRAVAIL EST PERPÉTUÉ ! ...
PAR QUI ? QU'EST-CE QUE TU SAIS DE LOURIA ?
JE NE SAIS RIEN ... MON MESSAGE EST LE SUIVANT : UN HOMME NOMMÉ BUTTADÉUS CONNAÎT LE SECRET DE LOURIA ...
IL A PRIS VOTRE PLACE DANS LA BROTHERHOOD ... ALLEZ APRÈS-DEMAIN À LA MONTAGNE BROCKEN, VOUS L'Y TROUVEREZ ...
... IL CONNAÎT LA RÉPONSE À LA QUESTION DE LOURIA ...
COMMENT EST-CE POSSIBLE ? STOP ! RESTE ICI !

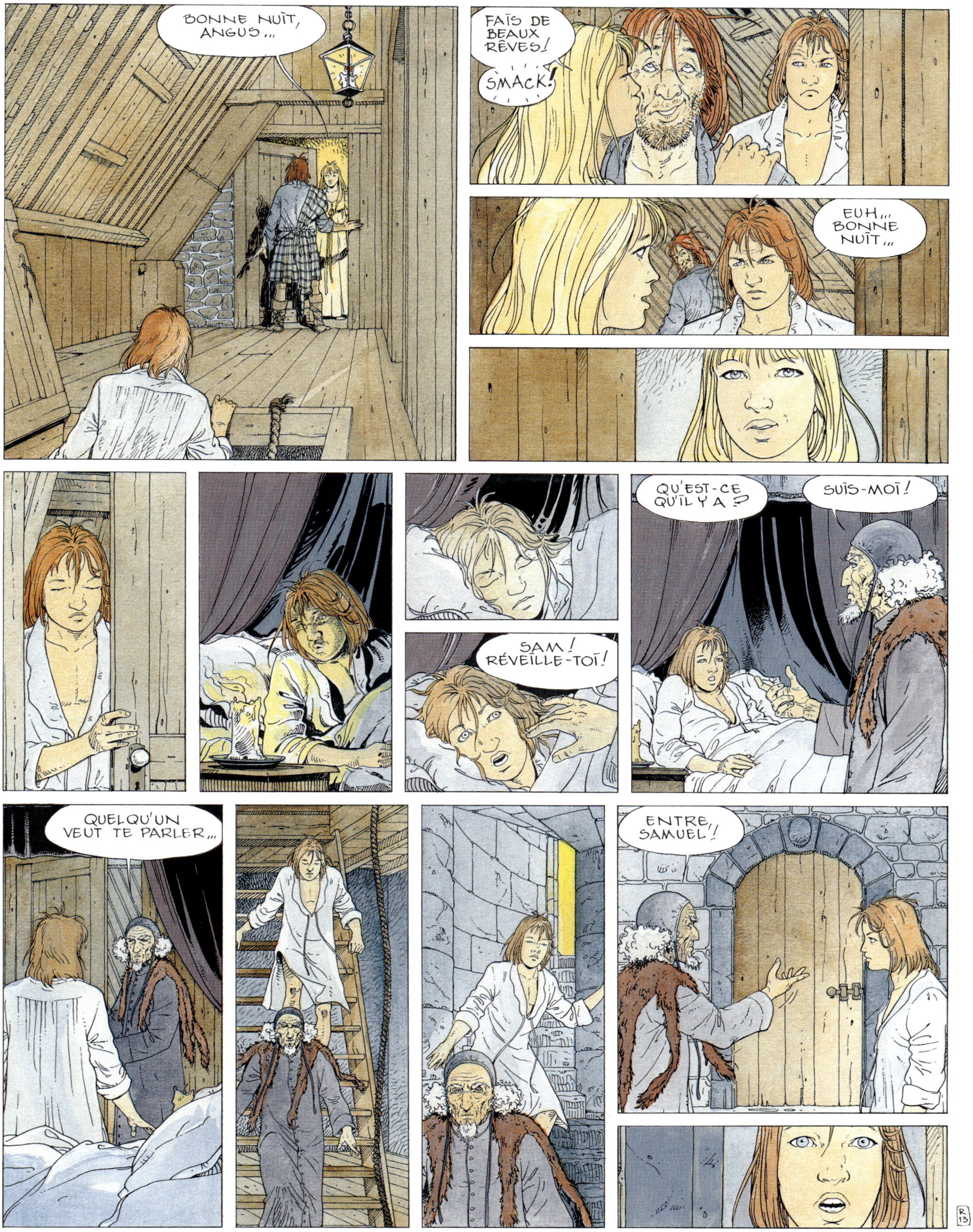
BONNE NUIT, ANGUS...
FAIS DE BEAUX RÊVES!
SMACK!
EUH... BONNE NUIT...
QU'EST-CE QU'IL Y A ?
SUIS-MOI!
SAM! RÉVEILLE-TOI!
QUELQU'UN VEUT TE PARLER...
ENTRE, SAMUEL!

VIENS, SAM... VIENS CHEZ MOI...
QUI ES-TU ?
JE SUIS UNE LIBELLULE... VIENS PRÈS DE MOI...
NON!
DE QUOI AS-TU PEUR, SAM ?...
NON!
SAM!

EST-CE QUE J'AI RÊVÉ ?
TROISIÈME JOUR : MARDI, 9 AVRIL ...
OH ! SAM ! ... TU TE RENDS COMPTE ? NOUS PARTONS !! ...
MMH ...
DE L'EAU ... OOH OH OOOH ...
OH OHOH OOOH
BIENVENUE À BORD, MONSIEUR, MADEMOISELLE ...
OOH OOH
ANGUS ! ATTENTION !
WOOFF WOFF
OUI ... NOUS AVONS TROUVÉ UNE SORTE DE BOUSSOLE DANS LES BAGAGES DE MON PÈRE ... ENFIN ... UN INSTRUMENT ...
... ET ... DONC, TU PRÉTENDS CONNAÎTRE LA DIRECTION QUE NOUS DEVRONS SUIVRE ? POUR ... EUH ...
REGARDEZ !
PLACK

SAM ! POURQUOI AS-TU FAIT CELA ?
EUH ... JE NE VEUX PAS ... EUH ... JE TROUVE QU'IL NE ... JE ... EUH ...
SPLASH
VOTRE AMI EST TOMBÉ !
UN HOMME À LA MER !!
L'EAU !! YEEEE L'EAU !
MARDI 23 AVRIL ...
... DONC, VOUS ME CERTIFIEZ QUE VOTRE BATEAU PASSE PRÈS DU BROCKEN ? ...
OUI, DOCTEUR ... JE FAIS DÉCHARGER VOS COFFRES ...
VOYONS CE QUE DIT CE LIVRE SUR BUTTADÉUS ...
"... UNE AUTRE LÉGENDE LIE LE NOM DE BUTTADÉUS AVEC LA MORT NOIRE ... COMME UN DES CAVALIERS DE L'APOCALYPSE ... SUR SA TÊTE ON TROUVERAIT UNE CROIX FORMÉE DE CINQ PETITES CROIX ..."

UNE SEMAÎNE PLUS TARD... MARDÎ, 16 AVRÎL... LE PORT DE MER DE HAMBOURG...
NOTRE BATEAU NE PEUT PAS ALLER PLUS LOÎN SUR L'ELBE...
C'EST DONC POUR ÇA QUE NOUS TRANS-BORDONS TOUT SUR UNE PÉNICHE...
...OUÎ, JE VAÎS VERS LE SUD... POURVU QUE LES SOLDATS DE CE BONA-PARTE NOUS LAÎSSENT PASSER...
MARDÎ, 23 AVRÎL, UNE AUBERGE PAS LOÎN DU BROCKEN...
...LES RUSSES SONT TROP ÎNDÎSCÎPLÎNÉS... BONAPARTE N'EN FERA QU'UNE BOUCHÉE!
OUÎ!...C'EST LE DÎABLE EN PERSONNE, CE CORSE!...
...COMME SÎ LE MALÎN S'EN MÊLAÎT!...
NE DÎS PAS DE BÊTÎSES... LE DÎABLE N'EXÎSTE PAS!
AU TRAVAÎL VOUS AUTRES! AU LÎEU DE RADOTER!...
VOÎCÎ VOTRE CARPE, DOCTEUR...
LA CARPE EST POURTANT RÉPUTÉE POUR SA LONGÉ-VÎTÉ...
BELLE NUÎT, N'EST-CE PAS, SAMUEL?... JE VAÎS AU LÎT... BONNE NUÎT, ÉLÎNE, BONNE NUÎT, SAMUEL... N'OUBLÎE PAS NOTRE RENDEZ-VOUS!...

DE QUEL RENDEZ-VOUS S'AGIT-IL ?
COMMENT PUIS-JE SAVOIR ?... CE TYPE DIVAGUE ET JE SUIS CENSÉ LE COMPRENDRE... TOI, TU LE COMPRENDS PEUT-ÊTRE ?
NON... BIEN SÛR QUE NON... MAIS...
JE N'AI AUCUNE CONFIANCE ! JE PROPOSE QU'ON LE QUITTE, ON NE DOIT PAS EMMENER N'IMPORTE QUI CHEZ TON PÈRE !...
TU N'AURAIS JAMAIS DÛ LUI MONTRER L'INSTRUMENT !!
AH, OUI !?... MAIS QUI A UN RENDEZ-VOUS SECRET AVEC LUI ?!... PAS MOI ! TU DOIS PEUT-ÊTRE LE REJOINDRE DANS SA CABINE ?!
ALLONS NAGER ! NAGE-ER... NAGER JUSQU'À PANCHRYSIA... NOUS SOMMES DES POISSONS... DES POISSONS ET NOUS ALLONS NAGER... NA-AGE-ER !...
MIAOUW
MIAOU
ANGUS !! T'EN OCCUPE PAS !
SI TU ES MON AMI, TU ME RACONTES TOUT DE CE RENDEZ-VOUS...
QUOI !?... EH BIEN, SI TU ES MON AMIE, NOUS QUITTONS CE BATEAU !... ET CE SINISTRE VIEUX !
MAIS QUI NOUS A SAUVÉS ?
IL EST FAUX !! IL A L'AIR D'UN ASSASSIN... IL MENT !...
QUI MENT ? MAIS QU'EST-CE QU'IL T'A FAIT ?
OOH !! TU NE COMPRENDS RIEN !!

DIS-LE MOI! MENTEUR!
HOOOH! TSS... TS!
OH! TOI!!... TOI!...
LÀ!
HE!
OEII!!
COMMENT TU OSES?!
AUW!
ÉH
NON
R 19

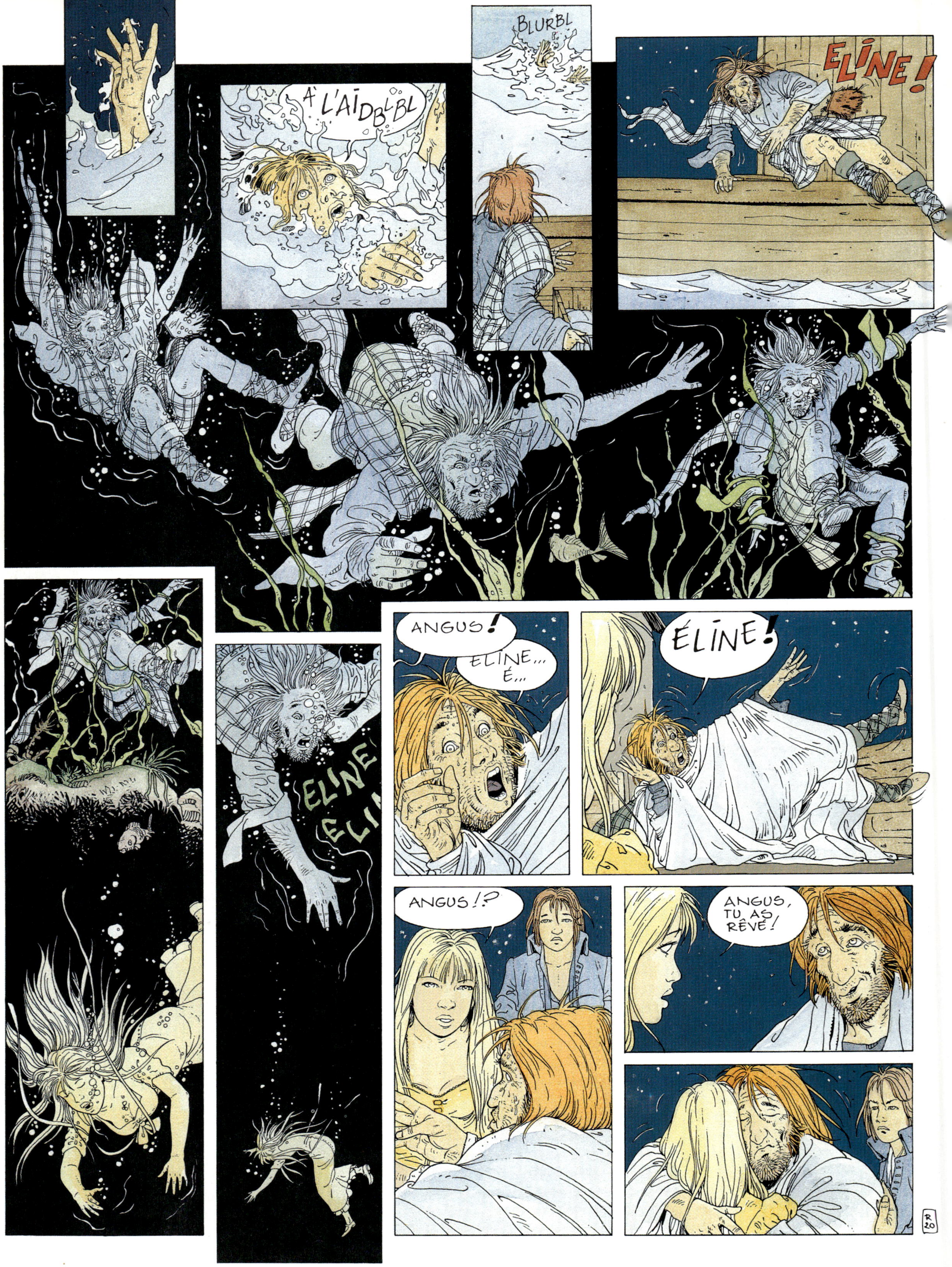
À L'AIDBL-BL
BLURBL
ELINE!
ELINE
ELI
ANGUS!
ÉLINE... É...
ÉLINE!
ANGUS!?
ANGUS, TU AS RÊVÉ!
R 20

QUATRIÈME JOUR, MERCREDI, 17 AVRIL...
MFLGRRR
POURQUOI VEUT-IL NOUS PROTÉGER ?
JE PENSE QU'IL A ÉTÉ ENVOYÉ POUR VENIR NOUS CHERCHER... ANGUS N'AURA DE PAIX QUE QUAND J'AURAI REJOINT MON PÈRE...
SAM, PEUX-TU ME RACONTER MAINTENANT CE QUE TU NE POUVAIS PAS ME DIRE HIER ?
MERCREDI, 24 AVRIL...
C'EST POUR AUJOURD'HUI !
AUJOURD'HUI JE DÉCOUVRIRAI QUEL EST LE SECRET...
APRÈS UNE SEMAINE DE NAVIGATION... MERCREDI, 24 AVRIL...
AUJOURD'HUI NOUS N'ALLONS PAS PLUS LOIN !... ACCOSTEZ LÀ !
POURQUOI NOUS ARRÊTER ?... IL N'Y A RIEN ICI !...
ON NE DISCUTE PAS !
AUJOURD'HUI NOUS RESTONS ICI !... NOUS POUVONS FAIRE UNE PROMENADE...
ÇA NOUS FERA DU BIEN...
R 21

"SO LANG ICH MICH NOCH FRISCH AUF MEINEN BEINEN FÜHLE, GENÜGT MIR DIESER KNOTENSTOCK..."
GRRRR
MAIS QU'EST-CE QU'IL DIT ?... JE N'Y COMPRENDS RIEN !
TU NE CONNAIS DONC PAS L'IMMORTEL GOETHE, JEUNE HOMME, L'AUTEUR DE "WERTHER" ? CES DEUX VERS SORTENT DE SON "FAUST", AUQUEL D'AILLEURS IL TRAVAILLE TOUJOURS...
...JE LUI SOUFFLE UN VERS DE TEMPS EN TEMPS...
CETTE MONTAGNE FAIT HONNEUR À SA RÉPUTATION...
...ON DIRAIT QU'ELLE EST VRAIMENT HANTÉE...
" IN DIE TRAUM- UND ZAUBERSPHÄRE, SIND WIR, SCHEINT ES, EINGEGANGEN..."
CETTE MONTAGNE EST VRAIMENT LA PLUS CÉLÈBRE D'ALLEMAGNE... ON RACONTE QUE CERTAINS JOURS ON PEUT Y RENCONTRER SON DOUBLE...
PARFOIS AUSSI LES SERVANTES DE HOLDA Y DANSENT LEURS RONDES DE SORCIÈRES...
ICI JE DOIS VOUS QUITTER... J'AI UN RENDEZ-VOUS... ATTENDEZ-MOI PRÈS DE LA RIVIÈRE, JE VOUS RETROUVERAI DEMAIN...
NE ME CHERCHE PAS SI JE NE RENTRE PAS... DANS MA CHAMBRE TU TROUVERAS DE QUOI PAYER L'AUBERGISTE...
R 22

UN VIEUX MOULIN À EAU...
SINISTRE...
?
KRRAA
BRAVO!
AH! JOSEPH BLACK, BIENVENUE!... ENTREZ!
BUTTADÉUS?!...
OUI... BUTTADÉUS... D'AUTRES M'APPELLENT KUTENDES OU PHANJAS, ISAAK LAQUEDEM, MICHOD, PHOTO DES, CARTAPHILUS OU HERSAS...
... AS-VIDAR, OU MÊME DES FOIS BEN-ALAAM, BEN-ALIMOTH OU BEN-GOY... MAIS DE NOS JOURS ON ME CONNAÎT COMME AHSRUS...
LE PLUS DIFFICILE EST DE NE PAS LES TUER DU PREMIER COUP...
R 25

* HOFMANN : INVENTEUR DU FORMALDÉHYDE OU "FORMOL".

MAIS, BIEN SÛR !! TUER LES ENFANTS !...
TUER QUELQU'UN ME PARAÎT LE MOYEN LE PLUS DIRECT POUR L'EMPÊCHER DE DEVENIR IMMORTEL...
LE MYSTÈRE DE LA VIE, JOSEPH BLACK... IL FAUT MÉRITER DE LE DÉCOUVRIR...
TUE-ER ! TUER !... DONNER LA MORT !!
VEUX-TU UN PEU DE PHLOGISTON, MON CHER ?
ALLONS, UNE BONNE GORGÉE...
TU VAS M'AIDER, BLACK... IL N'Y A PAS DE TEMPS À PERDRE...
CE SOIR MÊME NOUS TUERONS SAM ET ÉLINE, ILS SONT PRÈS D'ICI, JE LES AI ENCORE VUS TANTÔT...
TU ES FOU ! JE NE VEUX P..
HE
TU NE REFUSERAS PAS UN PEU DE PHLOGISTON, MON CHER... NOUS NE SOMMES PLUS TRÈS JEUNES ET NOUS AURONS BESOIN DE TOUTES NOS FORCES...
NON !
...MAIS LA RÉCOMPENSE NOUS ATTEND, NOUS BOIRONS LE PHLOGISTON DE LEURS TÊTES...
NOON !
BANG

AAAAAAA
EST-CE QUE J'AI BIEN VU...?
IL... RICANAIT?...
NON... IL EST BIEN MORT...
BUTTADÉUS!
JOSEPH BLACK! CROIS-TU QUE CEUX QUI DÉTRUISENT LA VIE AURONT DROIT À L'IMMORTALITÉ?
!
ISAAC LOURIA?
QUI EST LÀ?

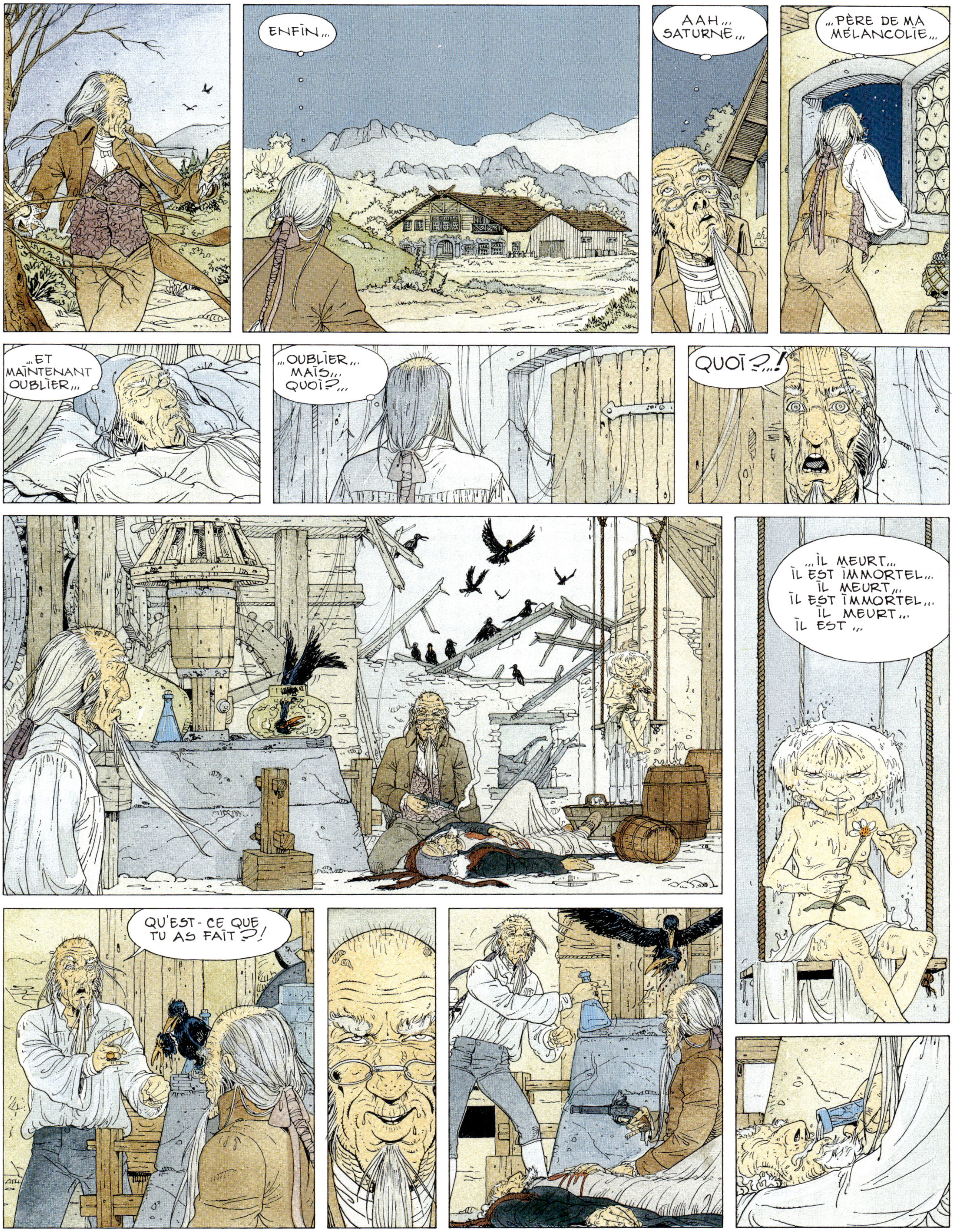
ENFIN...
AAH... SATURNE...
...PÈRE DE MA MÉLANCOLIE...
...ET MAINTENANT OUBLIER...
...OUBLIER... MAIS... QUOI?...
QUOI?!...!
...IL MEURT... IL EST IMMORTEL... IL MEURT... IL EST IMMORTEL... IL MEURT... IL EST...
QU'EST-CE QUE TU AS FAIT?!

JE MAUDIS CETTE VIE!! JE LA MAUDIS!!
JE TE MAUDIS, JOSEPH BLACK,,, ET L'ESPOIR QUE TU AS FAIT NAÎTRE!!,,, TU ES MIEN, TU PORTERAS MON SIGNE!,,,
AHAHAHAH
AAAAH
AAAAH
OUFF!!
JEUDI 25 AVRIL,,,
HEUREUSE-MENT QUE BLACK A RATÉ MON COEUR,,,
JE SUIS ICI!!,,, VIENS!
LÈVE-TOI ET AIDE-MOI, CHRISTOPHER,,,
LE DOCTEUR BLACK EST RENTRÉ À SON AUBERGE COMME TU L'AVAIS PRÉVU, MAÎTRE,,,
ASPERGE-MOI VITE D'UN PEU DE SANG FRAIS ,,,
R 28

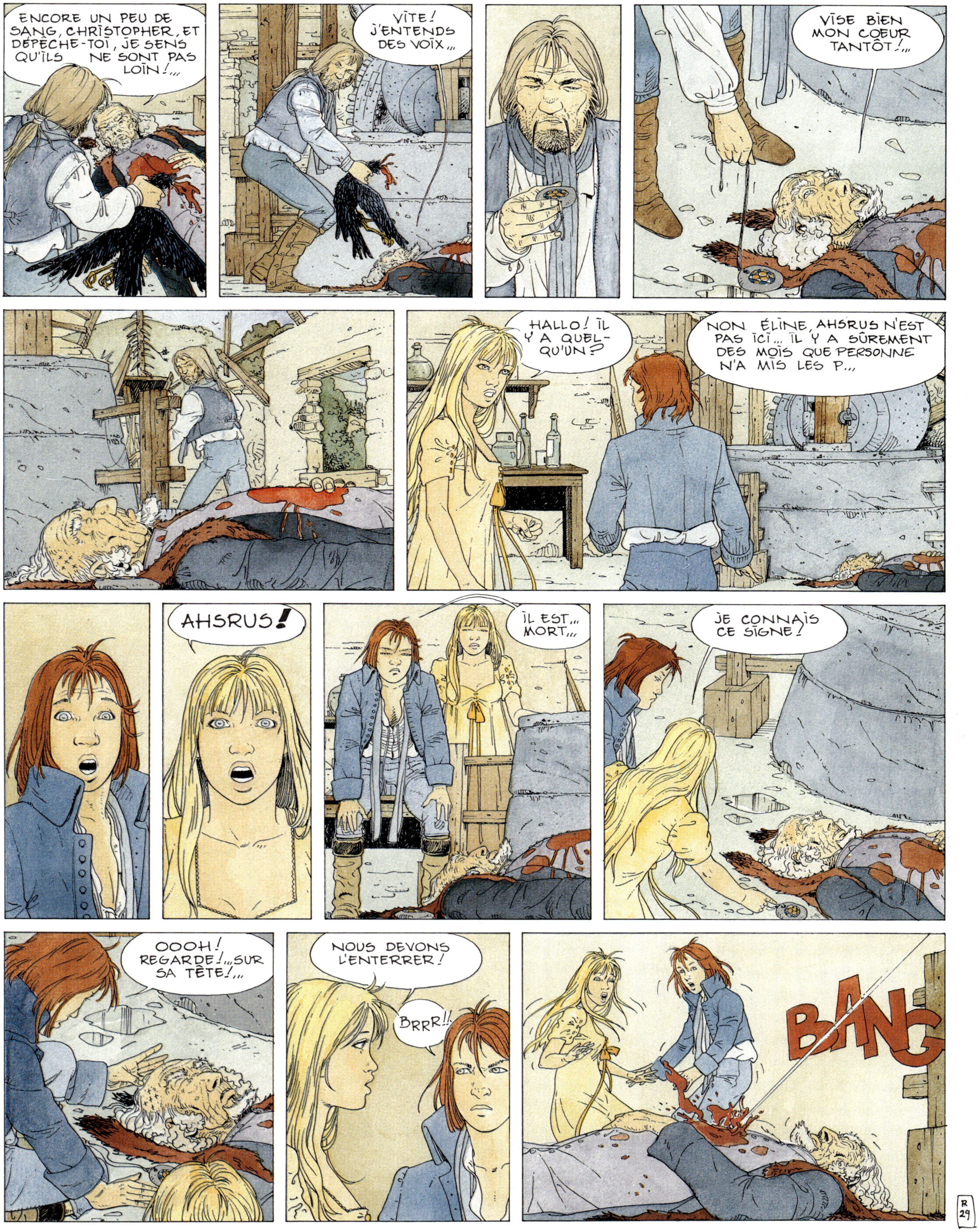
ENCORE UN PEU DE SANG, CHRISTOPHER, ET DÉPÊCHE-TOI, JE SENS QU'ILS NE SONT PAS LOIN !...
VITE ! J'ENTENDS DES VOIX...
VISE BIEN MON COEUR TANTÔT !...
HALLO ! IL Y A QUELQU'UN ?
NON ÉLINE, AHSRUS N'EST PAS ICI... IL Y A SÛREMENT DES MOIS QUE PERSONNE N'A MIS LES P...
AHSRUS !
IL EST... MORT...
JE CONNAIS CE SIGNE !
OOOH ! REGARDE !... SUR SA TÊTE !...
NOUS DEVONS L'ENTERRER !
BRRR !!
BANG
R 29

OUAF
WARF
ANGUS! NOUS PARTONS !!... SANS AHSRUS...
IL EST MORT! QUELQU'UN L'A TUÉ...
OH... OUI...
CHRISTOPHER NE M'A PAS RATÉ... JE LE SENS...
VIEILLIR EST UNE PUNITION SUBTILE... TOUT RALENTIT ET RÉTRÉCIT...
...LES MOUVEMENTS, LES PENSÉES, LE CORPS, L'ESPOIR, LE TEMPS...
...MAIS, POUR QUE CETTE PUNITION SOIT PARFAITE, ET PARFAITEMENT HORRIBLE...
...IL FAUT ÊTRE IMMORTEL ET REDEVENIR JEUNE À CHAQUE FOIS...
... SANS REDEVENIR ENFANT OU ADOLESCENT...
...PARCE QUE JE N'AI PLUS RIEN À APPRENDRE...

R 30

JE ME PRÉSENTE : AHSRUS... TOUTE UNE VIE DEVANT MOI... PLUSIEURS VIES DERRIÈRE MOI...
NOUS DEVONS DEMANDER CONSEIL À LA PRINCESSE BÉLISANNE!
SOUFFLE DEDANS!
PFFFFF
TU TE SOUVIENS COMMENT ANGUS VOULAIT TOUJOURS S'ENVOLER?
OUI... ET MAINTENANT... IL VEUT NAGER TOUT LE TEMPS...
JE DEVAIS SOUFFLER... PEUT-ÊTRE QUE MAINTENANT ...
MAIS OUI!... IL FAUDRAIT DE L'EAU! ...
TU DEVRAIS PLEURER DEDANS... TES LARMES FERONT APPARAÎTRE LA PRINCESSE...
MAIS POURQUOI TU PLEURERAIS?
...PARCE QUE TU AS DES SECRETS POUR MOI...
VOUS VOUS ÊTES ENVOLÉS... ET VOUS VOILÀ SUR L'EAU...
BÉLISANNE!
R 31

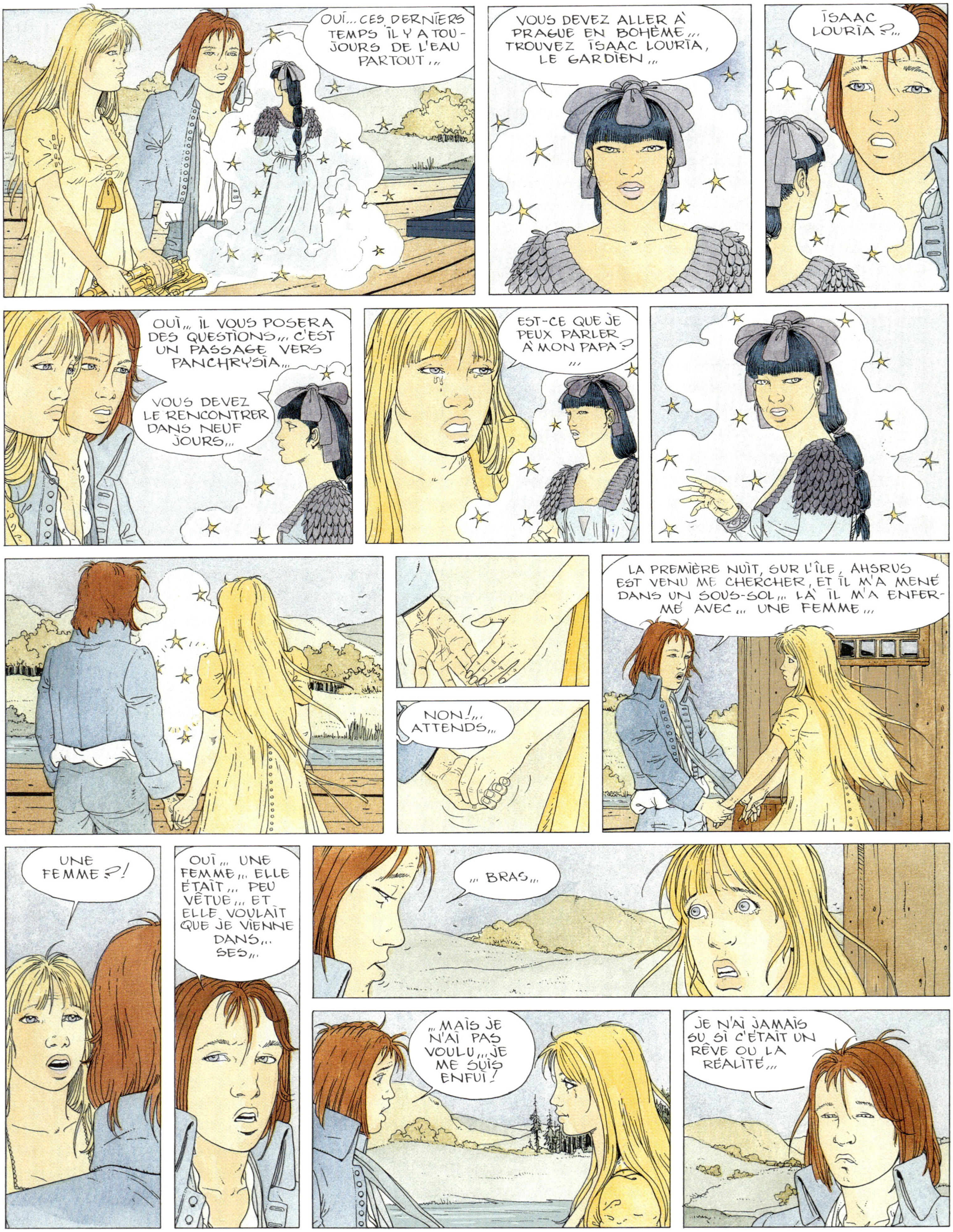
OUI... CES DERNIERS TEMPS IL Y A TOUJOURS DE L'EAU PARTOUT...
VOUS DEVEZ ALLER À PRAGUE EN BOHÊME... TROUVEZ ISAAC LOURIA, LE GARDIEN...
ISAAC LOURIA ?...
OUI... IL VOUS POSERA DES QUESTIONS... C'EST UN PASSAGE VERS PANCHRYSIA...
VOUS DEVEZ LE RENCONTRER DANS NEUF JOURS...
EST-CE QUE JE PEUX PARLER À MON PAPA ? ...
LA PREMIÈRE NUIT, SUR L'ÎLE, AHSRUS EST VENU ME CHERCHER, ET IL M'A MENÉ DANS UN SOUS-SOL... LÀ IL M'A ENFERMÉ AVEC... UNE FEMME...
NON !... ATTENDS...
UNE FEMME ?!
OUI... UNE FEMME... ELLE ÉTAIT... PEU VÊTUE... ET ELLE VOULAIT QUE JE VIENNE DANS... SES...
... BRAS...
... MAIS JE N'AI PAS VOULU... JE ME SUIS ENFUI !
JE N'AI JAMAIS SU SI C'ÉTAIT UN RÊVE OU LA RÉALITÉ...
R 32

C'EST DONC POUR ÇA QUE TU NE POUVAIS RIEN ME DIRE!?...
OOOOH! SAM!!... JE TE PARDONNE!
JE SUIS CONTENT QU'ON NE DEVRA PLUS LE VOIR!...
...EUH... JE VEUX DIRE... EUHM...
JEUDI, 2 MAI...
PAS DE REPOS... PAS DE REPOS...
...JAMAIS!...

TU REFUSES !?
JE REFUSE !... TROUVEZ QUELQU'UN D'AUTRE !!...
?
TU MARCHERAS !...
ET TU VIEILLIRAS À CHAQUE PAS... MAIS LE JOUR OÙ TU ATTEINDRAS CENT ANS... OU QUAND TU SERAS FRAPPÉ EN PLEIN COEUR...
TU AURAS À NOUVEAU VINGT ANS...
... PUIS, TU MARCHERAS...
... ET À CHAQUE PAS...
NON
NON
JE VEUX MOURIR !

...MOURIR...
MAÎTRE, IL EST TEMPS!...
VENDREDI, 3 MAI, SIXIÈME JOUR...
JE SAIS OÙ LES TROUVER...
NOUS REVIENDRONS PLUS TARD CHEZ LOURIA...
TABOR
HOLÀ ! MESSIEURS DAMES, VOUS CHERCHEZ UN LOGEMENT ?
OUI... EN EFFET !
SUIVEZ-MOI !
ÉLINE !
COMMENT TU CONNAIS MON NOM ?
J'AI DES NOUVELLES DE TON PÈRE... REGARDE...
UN INSTANT !
SAM !
OÙ EST-CE QUE VOUS ALLEZ ?
À L'AUBERGE DANS LA RUE STRELNA, NUMÉRO DOUZE...
JE VOUS RETROUVERAI !
HÉ !
R 35

QU'EST-CE QUE TU SAIS DE TON PÈRE ?
QUE VEUX-TU DIRE ?
C'EST UN AVENTURIER ! IL N'EST PARTI VERS PANCHRYSIA QUE POUR L'OR... ET LA JEUNESSE ÉTERNELLE...
TU MENS !
JE SAIS QUE TU RECONNAIS CE SIGNE ! LA BROTHERHOOD A ÉTÉ FONDÉE PAR LUI POUR L'AIDER DANS SES PROJETS... MOI-MÊME J'ÉTAIS MEMBRE... MAINTENANT JE LA QUITTE !
TOI, TU ES INVITÉE, DONC TU ES EN SÉCURITÉ... MAIS AHSRUS N'ÉTAIT PAS INVITÉ... TU AS VU CE QUE LA BROTHERHOOD LUI A FAIT... ?!
O... OUI...
JE T'AVERTIS : SAM AUSSI EST INDÉSIRABLE... C'EST POUR CELA QU'ON LUI A TIRÉ DESSUS... IL N'ATTEINDRA JAMAIS PANCHRYSIA !
NON !!
TON PÈRE, JAMES BLACK, NE VEUT PAS D'INTRUS !...
TU MENS ! J'EN AI ENTENDU ASSEZ !!
IL MENT !
IL MENT ! JE SUIS SÛRE QU'IL MENT...
R 36

PIVOVAR
VOÏCI TOUT CE QUE VOUS AVEZ DEMANDÉ, DOCTEUR.
LÀ-DEDANS JE DOIS SÛREMENT LE TROUVER!
VOYONS...
IOANNES TRITHEMIUS
IANN·AMOS·COM
MAGNUS ALBERTUS
I. HERMETIS ÆGYPTIORVM REGIS ET AN-
TESIONANI SYMBOLVM.
SOL EST EIVS CONIVGII PATER ET
Deutsches
THEATRUM
CHEMICUM,
Schrifften,
DIVINA METAMORPHOSIS
EXHIBITA
XV IAN A.
IN PRÆ
SAC.
IEST: FERDINANDI
TERTII
PRAGÆ
MDCXLVIII
SENTIA
CÆS. MA

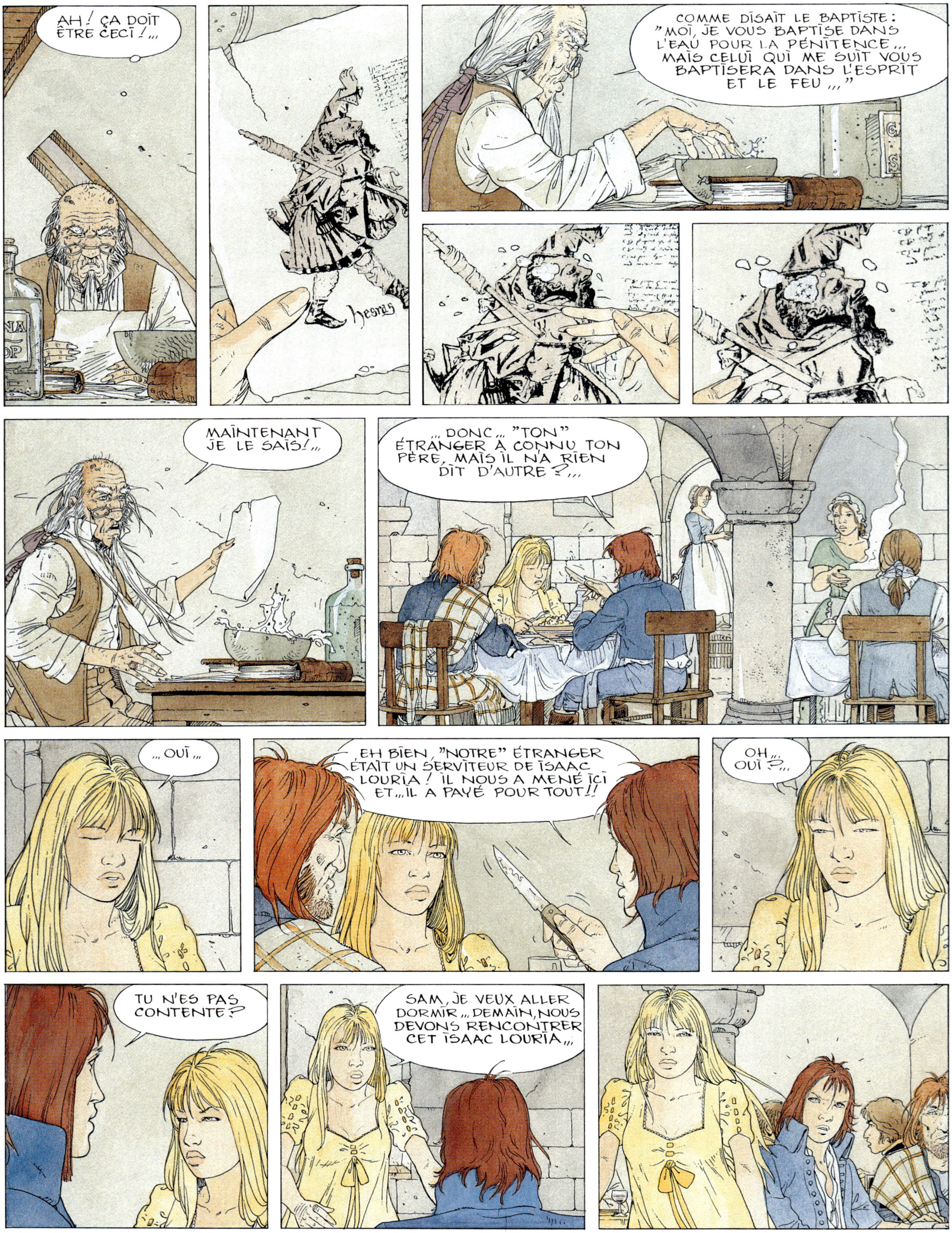
AH ! ÇA DOIT ÊTRE CECI ! ...
COMME DISAIT LE BAPTISTE : "MOI, JE VOUS BAPTISE DANS L'EAU POUR LA PÉNITENCE... MAIS CELUI QUI ME SUIT VOUS BAPTISERA DANS L'ESPRIT ET LE FEU..."
MAINTENANT JE LE SAIS ! ...
... DONC... "TON" ÉTRANGER A CONNU TON PÈRE, MAIS IL N'A RIEN DIT D'AUTRE ?...
... OUI ...
EH BIEN, "NOTRE" ÉTRANGER ÉTAIT UN SERVITEUR DE ISAAC LOURIA ! IL NOUS A MENÉ ICI ET... IL A PAYÉ POUR TOUT !!
OH... OUI ?...
TU N'ES PAS CONTENTE ?
SAM, JE VEUX ALLER DORMIR... DEMAIN, NOUS DEVONS RENCONTRER CET ISAAC LOURIA...
R 38

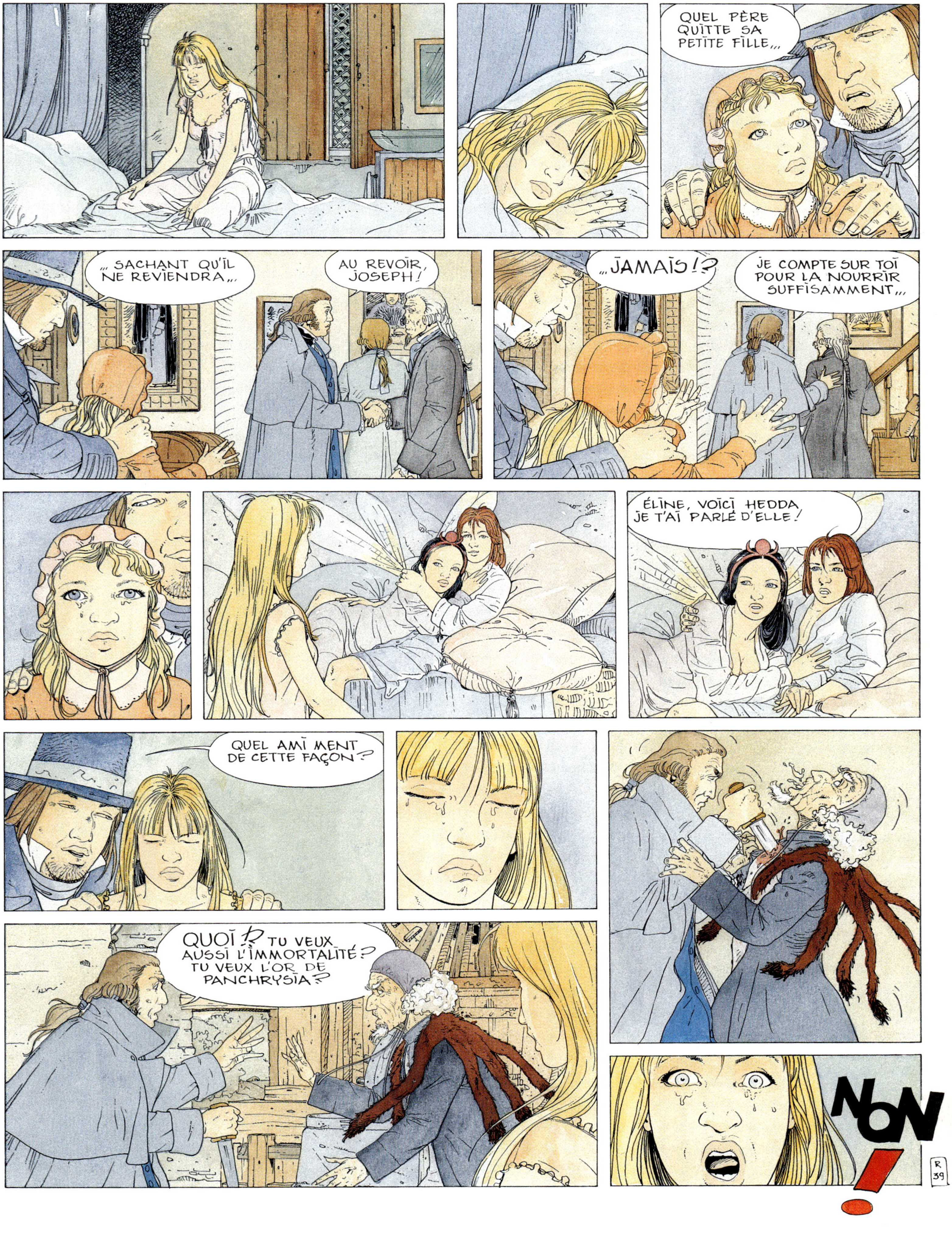
QUEL PÈRE QUITTE SA PETITE FILLE...
... SACHANT QU'IL NE REVIENDRA...
AU REVOIR, JOSEPH !
... JAMAIS !?
JE COMPTE SUR TOI POUR LA NOURRIR SUFFISAMMENT...
ÉLINE, VOICI HEDDA JE T'AI PARLÉ D'ELLE !
QUEL AMI MENT DE CETTE FAÇON ?
QUOI !? TU VEUX AUSSI L'IMMORTALITÉ ? TU VEUX L'OR DE PANCHRYSIA ?
NON !

TU NE CROIS PAS TOUS CES MENSONGES TOUT DE MÊME ?
NON, PAPA !
SSSTT !, J'AI ENCORE UNE CHOSE À FAIRE...
BANG
SAM !
SAMEDI, 4 MAI, SEPTIÈME JOUR...
SAM
ÉLINE ! RÉVEILLE-TOI, TU AS RÊVÉ !!...
OH, SAM ! TU ES VIVANT !
TOC TOC
QUI EST LÀ ?
ONCLE JOSEPH !!
R 40

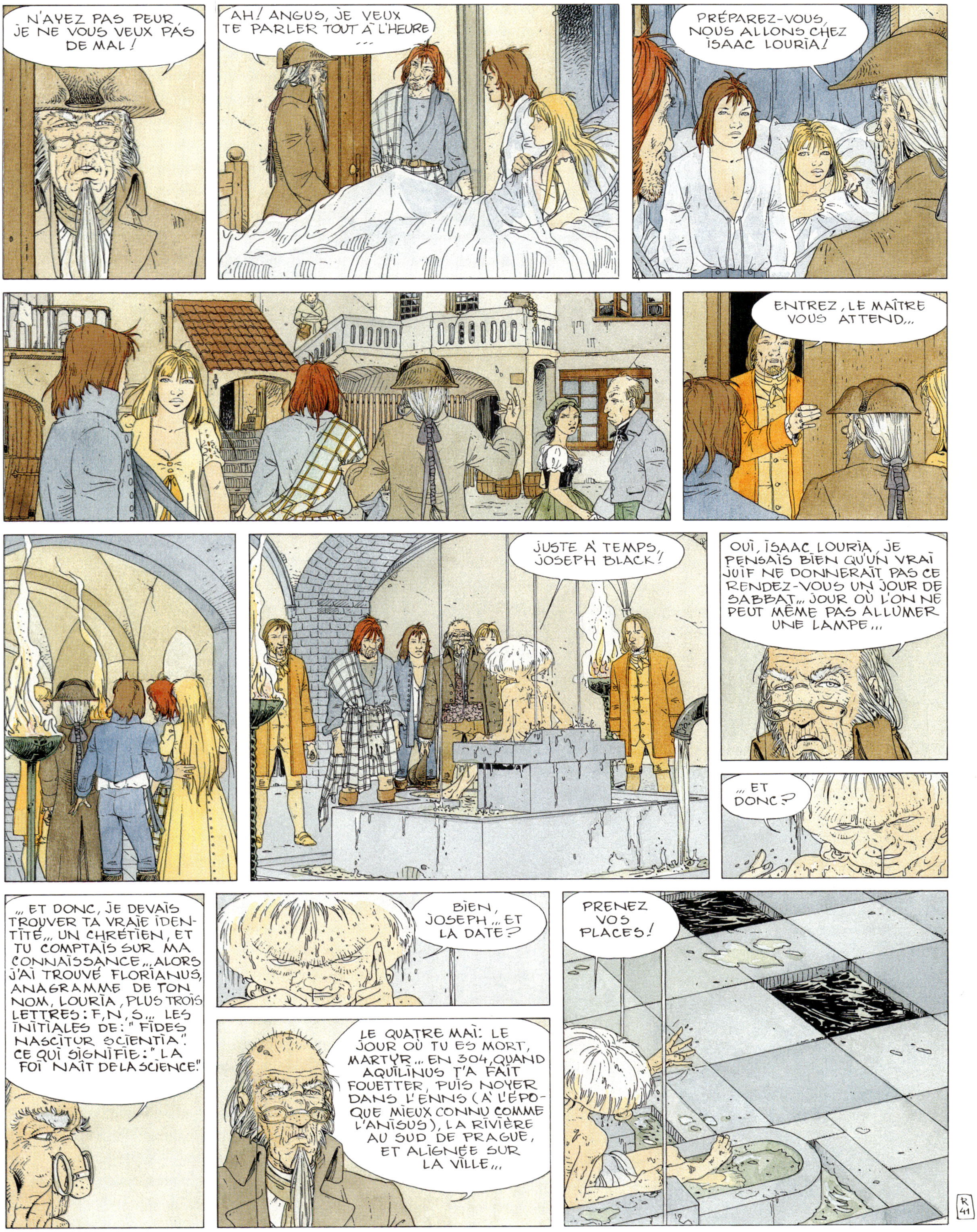
N'AYEZ PAS PEUR, JE NE VOUS VEUX PAS DE MAL !
AH ! ANGUS, JE VEUX TE PARLER TOUT À L'HEURE ...
PRÉPAREZ-VOUS, NOUS ALLONS CHEZ ISAAC LOURIA !
ENTREZ, LE MAÎTRE VOUS ATTEND...
JUSTE À TEMPS, JOSEPH BLACK !
OUI, ISAAC LOURIA, JE PENSAIS BIEN QU'UN VRAI JUIF NE DONNERAIT PAS CE RENDEZ-VOUS UN JOUR DE SABBAT... JOUR OÙ L'ON NE PEUT MÊME PAS ALLUMER UNE LAMPE...
... ET DONC ?
... ET DONC, JE DEVAIS TROUVER TA VRAIE IDENTITÉ... UN CHRÉTIEN, ET TU COMPTAIS SUR MA CONNAISSANCE... ALORS J'AI TROUVÉ FLORIANUS, ANAGRAMME DE TON NOM, LOURIA, PLUS TROIS LETTRES : F, N, S... LES INITIALES DE : " FIDES NASCITUR SCIENTIA ". CE QUI SIGNIFIE : " LA FOI NAÎT DE LA SCIENCE ".
BIEN, JOSEPH... ET LA DATE ?
LE QUATRE MAI : LE JOUR OÙ TU ES MORT, MARTYR... EN 304, QUAND AQUILINUS T'A FAIT FOUETTER, PUIS NOYER DANS L'ENNS (À L'ÉPOQUE MIEUX CONNU COMME L'ANISUS), LA RIVIÈRE AU SUD DE PRAGUE, ET ALIGNÉE SUR LA VILLE...
PRENEZ VOS PLACES !
R 41

VOUS ALLEZ ENTRER DANS L'EAU, PUIS JE VOUS POSERAI MA QUESTION ...
POURQUOI VOULEZ-VOUS ALLER À PANCHRYSIA?
LA RÉPONSE DE CHACUN DÉCIDERA ...
BZZZZ
SAM! A L'AIBLRL
ANGUS!
BLLUBRL!!
... DE VIE OU DE MORT!
HEI!
MAIS ... TU ES FOU!?
HI HI HI HI

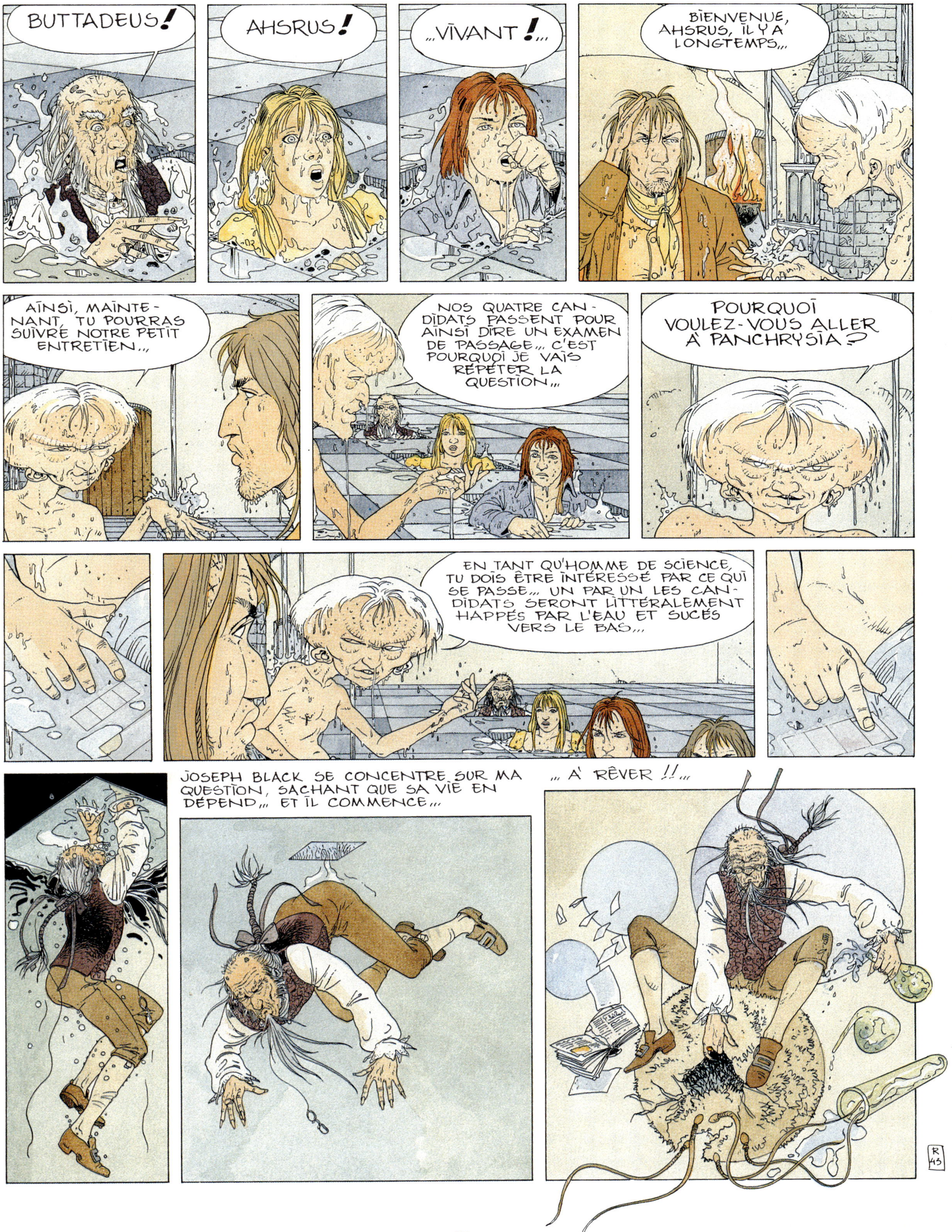
BUTTADEUS!
AHSRUS!
... VIVANT !...
BIENVENUE, AHSRUS, IL Y A LONGTEMPS...
AINSI, MAINTENANT, TU POURRAS SUIVRE NOTRE PETIT ENTRETIEN...
NOS QUATRE CANDIDATS PASSENT POUR AINSI DIRE UN EXAMEN DE PASSAGE... C'EST POURQUOI JE VAIS RÉPÉTER LA QUESTION...
POURQUOI VOULEZ-VOUS ALLER À PANCHRYSIA?
EN TANT QU'HOMME DE SCIENCE, TU DOIS ÊTRE INTÉRESSÉ PAR CE QUI SE PASSE... UN PAR UN LES CANDIDATS SERONT LITTÉRALEMENT HAPPÉS PAR L'EAU ET SUCÉS VERS LE BAS...
JOSEPH BLACK SE CONCENTRE SUR MA QUESTION, SACHANT QUE SA VIE EN DÉPEND... ET IL COMMENCE...
... À RÊVER !!...

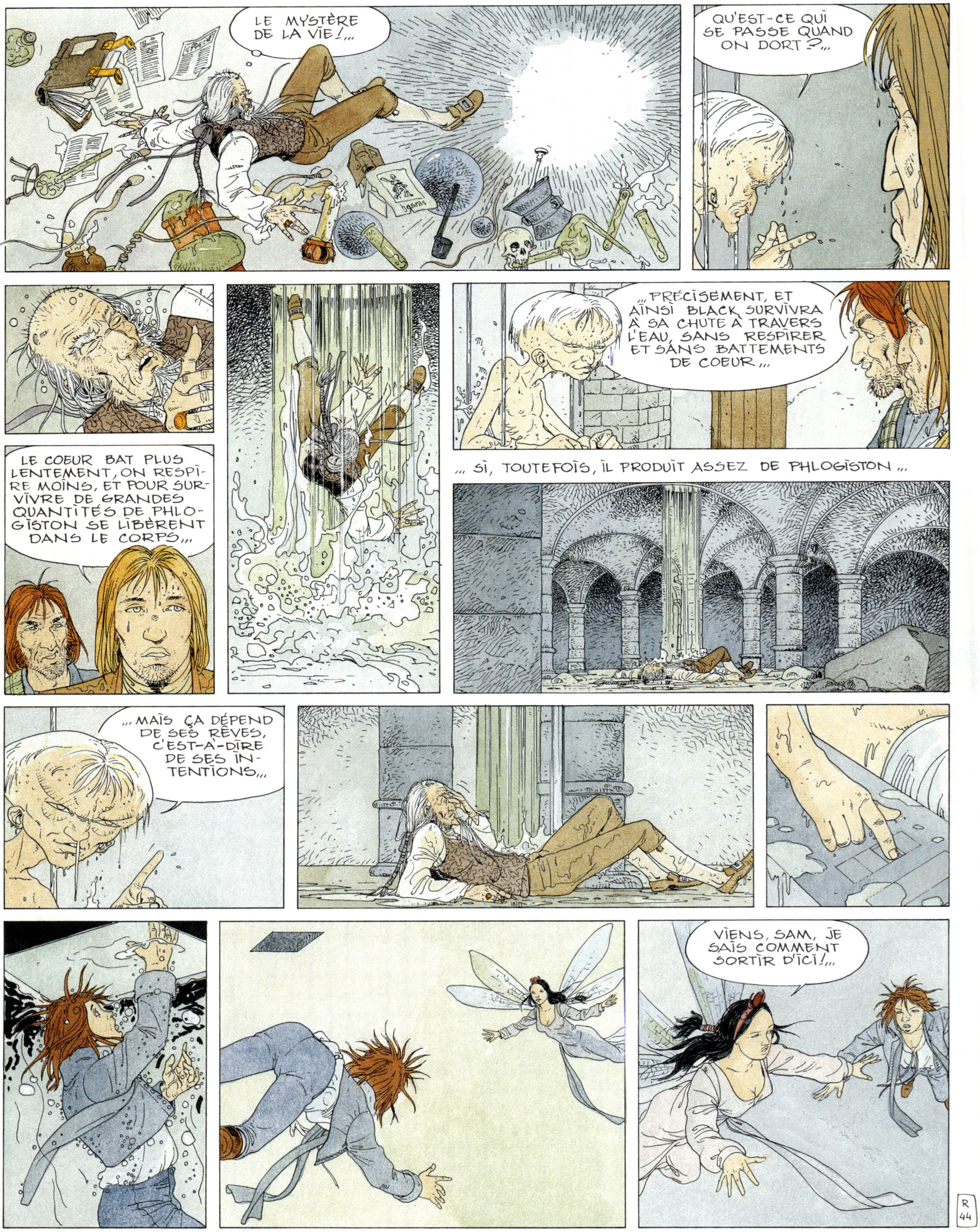
LE MYSTÈRE DE LA VIE !...
QU'EST-CE QUI SE PASSE QUAND ON DORT ?...
... PRÉCISEMENT, ET AINSI BLACK SURVIVRA À SA CHUTE À TRAVERS L'EAU, SANS RESPIRER ET SANS BATTEMENTS DE COEUR...
LE COEUR BAT PLUS LENTEMENT, ON RESPIRE MOINS, ET POUR SURVIVRE DE GRANDES QUANTITÉS DE PHLOGISTON SE LIBÈRENT DANS LE CORPS...
... SI, TOUTEFOIS, IL PRODUIT ASSEZ DE PHLOGISTON...
... MAIS ÇA DÉPEND DE SES RÊVES, C'EST-À-DIRE DE SES INTENTIONS...
VIENS, SAM, JE SAIS COMMENT SORTIR D'ICI !...
R 44

VA-T'EN!
VIENS, SAM... QU'EST-CE QUE TU VEUX FAIRE À PANCHRYSIA?... LÀ-BAS C'EST LA MORT QUI RÈGNE ...
NON! JE VEUX Y ALLER, PARCE QUE ÉLINE Y VA!...
ELIIIIINE
VIENS, ÉLINE, JE TE SAUVERAI!
LAISSE-MOI TRANQUILLE, AHSRUS! JE N'AI PLUS BESOIN DE TES MENSONGES!
JE VAIS À PANCHRYSIA ET J'Y RETROUVERAI MON PÈRE!!
R 45

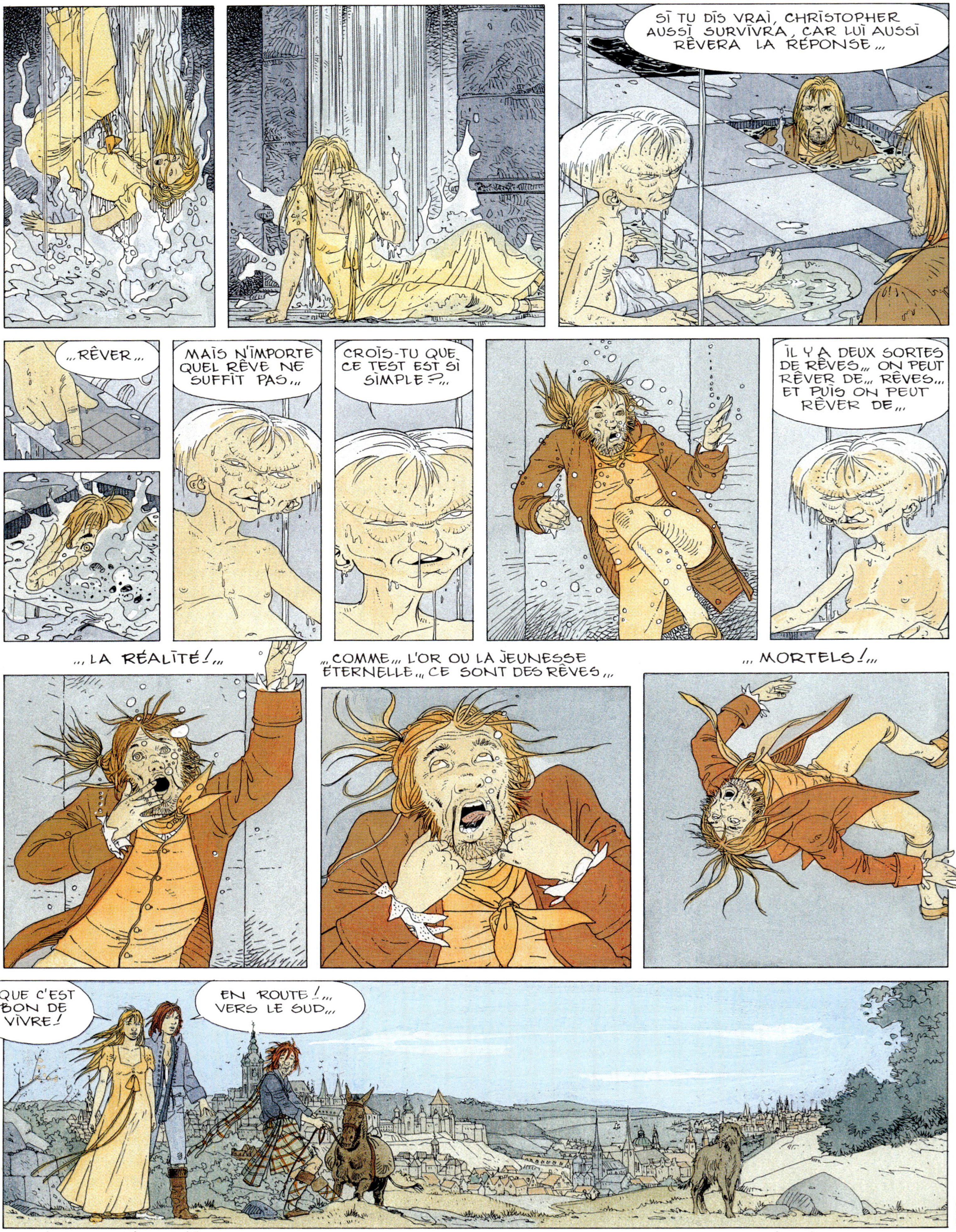

2-I-96 - DESSINS : FERRY.

SCÉNARIO : POMBAL.
COULEURS : MONIC.